푸른
시인선

002

밥
풀

이상백 시집

푸른사상
PRUNSASANG

밥 풀

| 시인의 말 |

오늘을 길어 올려
세수한다

날마다 독이 빠지고 있다

2015년 11월
이상백

| 차례 |

■ 시인의 말

제1부

제2부

| 차례 |

제3부

제4부

제
1
부

중독

커피에서 카페인을 뺀다

언제나 나와 함께였던
너를 뺀다

이제라도
얄팍하게 혼자 잘 살아보자고
디카페인 커피를 마신다

이 맛도
괜찮을 거라 했지만
겨울 언저리에서 헤매고 있다

한 모금의
네가
그립다

내력

그래요 나는 봉선화입니다

치자꽃 향기에 취해서

나는 치자꽃이 되고 싶었어요

가끔은 내가 치자꽃이라고 생각도 했어요

나는 향기 짙은 치자꽃이 되고 싶었지만

건드리면 참지 못하고

감출 줄도 모르고

속절없이 속을 다 뒤집어 보였어요

늘 텅 비어버렸지요

실속 없이 솔직하게 맞서는

우리 가문이 싫어서

한때 있을 수 없는 향기를 꿈꾸기도 했지만

어쩌겠어요

파편같이 떨어진 씨앗들은

올해도 그 자리에서 봉선화로 다시 돋아났어요

그래요 나는 봉선화랍니다

향기는 없지만

그대 울타리가 되어주는 봉선화랍니다

태풍

전국이 태풍 영향권에 들었다는 뉴스가 아니어도
태풍이 오고 있다는 전조가 있다
스치는 바람이 다르다
내게도 전조가 있었는데
내가 나간 사이
누군가가 내 집에 들어온 흔적이 있었는데
바쁘다는 핑계로 문단속을 제대로 하지 못했다
급성 척수염.
하반신 마비로 태풍은 나를 순식간에 박살냈다
복구가 어렵다는 난치병.
예전의 집으로 돌아가는 기적은 내게 없었다
이만한 것도 운이 아주 좋았다고
덤이라고
받아들이는 데 아주 오래 걸렸다
대문을 고치고 이제야 문패를 단다
누가 보아도 언제 태풍이 왔냐고 할 정도로 겉은 멀쩡하
지만
구석구석 태풍이 휩쓸고 간 자리.

비가 올 거라는 일기예보 없어도

그날을 기억하게 한다

밥풀

밥이 뭐냐고 물어보는데
논바닥 벼이삭으로 서서
비를 쭐쭐 맞으며
대답하지 못했다

밥을 먹을 때마다 생각했다
다시 물어보면 어떻게 대답할까

숭늉으로 가라앉은 밥풀까지 먹으려고
단번에
물부터 마시고
허기진 날을 가득 채우면서도 잊지 않았다

아니
물도 아니고 밥도 아닌
그 뿌연 날들에
풀기 없이 오르락내리락
뒤섞여 뭉개져버린 때도 있었지만

나는
한솥밥 사무실 귀퉁이
밥그릇 뚜껑에
오롯이 붙어 있었다

이제야
밥그릇에 밥풀이 고봉으로 가득한데
밥이 뭐냐고 물어보던 사람들
가고 없다

이쯤에서 만난다면

이쯤에서
너를 만난다면

두레박으로
햇살만 건져 올려줄 텐데.

이쯤에서
너를 만난다면

초록빛 대답으로
후박나무 그늘이 되어줄 텐데.

이쯤에서
너를 만난다면

저녁으로 오는 길에
분꽃으로 피어 있을 텐데.

이쯤에서

너를 만난다면

강물이 되어
아침에 닿을 수 있을 텐데.

이쯤에서
너를
만난다면.

청국장

어머니는
어머니 자존심을 냄새로 말했다

앉은뱅이책상에
5형제가 옹기종기 콩알로 붙어 앉아
온도 36℃ 습도 80%를 유지해야
뭐가 돼도 된다는 것이
우리 집 가훈이었다

짙어지는 가난한 냄새가
그때는 정말 싫다고
바글바글 끓어올라
나는 뚝배기 밖에서 몸살도 쳤다

하나씩
넥타이 매고
구두 신고
번듯한 의자에 앉게 되던 날에는
우리보다 더 기뻐하시던 어머니한테서

구수한 냄새가 났다

어머니 제삿날
밥상머리에 콩알처럼 붙어 앉으면
그리운 그 냄새 난다

그쪽

그쪽을 향한 뿌리가 뽑히는 것을 보았다

그쪽에 두었다. 북청사자놀음과 돈돌나리 바가지 장단
만 있으면 부모님은 남대천 모래사장에 어린아이 되어 조
부모님과 함께 있었다. 그렇게 고향에 돌아갈 거라고 했지
만. 서까래가 내려앉는 꿈을 꾸었다는 날부터. 붙잡고 섰
던 철조망을 놓고 돌아서 버렸다.

그때서야 허옇게 뿌리 뽑힌 반쪽을 우리에게 기댔다

3cm

단춧구멍으로

걸어 들어오는 초겨울 바람조차

언제나 한발 앞서 막아내는 언니.

내게

3cm 시접으로 접혀 있다

내가

영영

언니가 될 수 없는 이유다

문득

때를 놓치고
혼자 차려 먹는 점심.
준비 없는 밥상이다

번듯한 날 없이
신 김치나 곰삭은 젓갈이 된 채로
구석에 있는 것 같지만

물 만 밥에
입맛 당기는 밑반찬이 되어
지쳤던
나를 일으켜 세우는 식구들.

나
한자리에 있지 못하고
겨울 끝자락까지 돌아치다 언 발로 돌아왔다

말없이 겨울을 지내며
텃밭에 조용히 뿌리내리고 있던

냉이나 민들레도 되지 못했다

준비 없는 식구들 밥상에
한 번도 반찬이 되지 못했다

어느 날

너는 거기에
봄으로 서 있다
꽃을 한가득 이고
강 건너 있다

내가 보기만 해도
너는
꽃잎을 날린다

암각화

그림자까지 말아 쥐고
등을 보이며
너는
바위 속으로
걸어 들어갔다

너 없는
납작한 오후.

손끝
따사로운
기억의 골을 따라
너를 만난다

해후

울지 말아요, 내가 먼저 간다고
그대들의 배웅만 받고 가니
그저
미안해서
돌아볼 수가 없어요

울지 말아요, 내가 먼저 간다고
자꾸 울면
흘러넘치는 강물이
내가 돌아오는 길 막을지도 몰라요

울지 말아요
언제나 그랬듯이
내 이름 불러봐요, 천천히 소리 내서

그대들의 가슴에서
나 다시 살아

강을 건너올게요, 아침이 되어

금싸라기 햇살을 가득 안고
와서
기억의 텃밭에 따뜻한 흙이 될게요

우물

어머니 가시고
남모르는 우물 하나 생겼다

두레박 내려
어머니와 함께했던 그때를
한 모금씩 건져 올려
햇빛에 널고 싶은데

주
루
룩
흘러내리는 후회들.

어머니
괜찮다 괜찮다 하시는데

내 우물 마르지 않는다

제삿날

오신다 하여
밥이 식기 전에
밥상을 차려놓았는데
오시지 않습니다

우리에게 언제나 고봉밥이셨던
당신 가슴에
오늘도 우리들 수저 하나씩 꽂아놓고
차례대로
밥상에 머리를 조아리고 엎드려
어디쯤 오시나 자꾸 여쭈어봅니다

우리가 가야 만날 수 있다는 것을 알면서도.

어제의 집을 나서며

더 이상 집을 짓지 않기로 한다

내 집에
그 누구도 들여놓지 못하면서
쭈그리고 앉아 벽돌만 만들고 있었다

벽돌 한 장 올릴 때마다
사람들 떠나갔고
나 단단해지자고
떠나가는 사람들 가슴에
못과 망치까지 들었다

늘 서툴러 갈라 터진 손바닥
골이 패어버린 길
내 집을 자랑삼을 부모도 떠나가 돌아오지 않는 길
이 길 끝에 서서
한 발짝도 세상으로 걸어 나가지 못했지만

어제의 집을 나서며

한 움큼 쥐었던 씨앗을 뿌린다

이 길 따라 봄이 빨리 오라고.

아버지 신발

한쪽이 더 닳아 있는 신발 한 켤레.

우리들 가슴에
벗어놓고
맨발로 가서 아버지 다시 돌아오지 않는다

우리보다 먼저 아침을 신고 나가서
우리가 잠든 뒤에야 벗었던 신발.
아버지 그 신발을
우리는 이제야 본다

우리는
언제나 줄을 당겼다, 소리치며
달리는 아버지 발목을 붙잡고
아버지 빨리 더 빨리.

가족의 무게가
가고 싶었던 곳을 가지 못하게 했구나

우리는 아버지 되어서야 알게 되었다

제
2
부

맞수

창문을 열면
전시회 그림 한 점을 받는 호사를 누렸는데
재개발로 앞산을 막고 들어서는 고층 아파트.

나보다 더 잘나간다는 요즈음 너의 기세다
달보다 먼저
아파트 불로 산세를 뭉개놓는 너의 기세지만
니가 아무리 그래도 나를 넘겠냐

앞산이 살랑살랑 중얼거린다

걸어 다니던 소문

무방비 상태에서
너 나 할 것 없이 혹독한 대가를 치렀다

열이 나고 기침이 나는 일은 가끔 있었던 일이라
밖에서 묻어온 소문이
집안에 또아리 트는 것을 아무도 알지 못했다

소문은
개구멍으로 슬그머니 빠져나가
밤낮을 가리지 않고 싸돌아다니며
순식간에 무성하게 자라나
우리의 생사를 쥐고 흔들었다

소문의 천하가 되었다

뒤늦게 소문을 잡겠다고
그물망을 더욱더 좁혀 들어갔지만
정작 걸려든 것은

마을 사람들.

언제나 그렇듯이

주검을 앞세운
소문이
유유히 떠날 때까지

가족조차
대책 없이 바라다볼 뿐이었다

재건축 해산 일지

상해임시정부가 아니면

모두가 이권을 위한 일일까

우리는

동네 가운데 주차장을 개조한 방에 섬으로 있다

상해 어느 좁은 골목 허름한 아파트

조그만 방에 태극기 걸어놓고

그들이 조국의 심장을 지켰다면

우리는 대문마다

내 재산 달랑 이 집 하나라고 외치는

빨간 깃발을 내걸었다

조국을 재산이라고 생각한 그들

발뒤꿈치도 따라갈 수는 없지만

지금의 이 일도

몇 사람이 결정해서 시작된 것이라고

무효를 외치며

어제까지만도

이봉창이나 윤봉길 의사가 된 듯

누가 죽는 꼴을 보여야 한다며

내일이면 거사를 치를 것 같았지만

오늘은 그도 동네를 떠났는가

더 뭉쳐도 모자라는 판에

뭉쳤던 사람들이 갈래갈래 나뉘어 흘러간다

자금 모금을 위해 밤을 나누어 많은 편지를 쓰던

김구 선생은

오직 이 나라 문지기만 되어도 좋다

완전한 자주독립이 소원이라 했는데

이 어둠의 바닥에서

해산 동의서 몇 장 건져 올리며

우리는 다시 뜻을 모아보자고

좁은 방에 머리를 맞댄다

내 나라 내가 지키겠다고

목숨을 걸었던 그들 앞에

내 재산 내가 지키자

여기서 그냥 살고 싶다는 벽보는

너무 야무진 꿈일까

재개발

마지막 어금니가 뽑힌다

전봇대가 뽑힌다
골목마다
연결된 핏줄들이 한 뭉치로 불쑥 올랐다가
절망으로 나뒹군다

프리미엄 높은 아파트를 지어주겠다고
마취시키고
재개발은 터전을 밀어버렸다

틀니도 못 하는 판에
무이자로 임플란트 할 수 있다는
하루 밥거리보다 멋진 카탈로그 속의 세상.

맛있다며 입안에 밀어 넣는데
이 없는 잇몸 사이로

밀려다닌다

18번지 말뚝이 뽑힌 할머니
변두리로 변두리로 자꾸 밀려간다

말줄임표

부서 이동이 있다며
김 부장이 설렁탕을 산다

탕에 밥을 말기 전까지
어떻게 사장이 그럴 수 있냐며
난도질하더니
우리를 둘러보고 맛있게 먹으라고 한다

늘상 뽀얀 국물이 되어야 하는 우리들
위에
김 부장이 고기 조각으로 뜬다

뒤적거리는 숟가락에 닿는 김 부장을
밀어내다
말없이 오물오물 씹는다, 우리는.

한솥밥을 먹는다면서
한마디 말 없이
우리를

뿌리째 뽑아서 맘대로 심어놓은, 김 부장.

발이 저리다고 고쳐 앉으며
김 부장 몰래 눈을 맞춘다, 우리는.

미생

보따리 싸 들고
눌러살려고
어렵게 내가 찾아간 마을

손가락이 다섯 개가 아니다

내가 손가락 하나를 구부리고 사는 일은
허리를 구부리고 사는 일이었다

나도 모르게 손가락이 펴지면
나보다 더 놀라던 그들.
그들이 말없이 큰 눈을 감았다 뜰 때마다
나는 새총에 낀 돌멩이 되어
과녁도 없이 원시림으로 던져졌다

떠나는 내게
그들이 손바닥을 보여주며 흔드는데

추장만
손가락이 네 개였다

갑론을박

나 거기에 들어갔다

갑이라고 말들 했지만
나는
결코 갑이 되지 못했다

나 거기서 나왔다

을이 되었다고 말들 했지만
나는
처음으로 갑이 되었다

난중일기 · 2014

그립습니다, 어머니

흔들리는 배에서 매일 목숨을 붙잡고 싸웁니다
언제까지 계속될지 모르는 이 싸움.
전조가 명확했는데도
몇몇이
이상 없다고 딱 잡아떼서 일어난 일입니다
그 자리에 있어야 할 사람이 먼저 도망가니
장수들도 제 배를 버리고 달아나는 것은
당연한 일입니다

아수라장 속에서
젖은 목숨 하나 간신히 건져 올려
산천에 빨랫감처럼 누워버린 피난민들.

이 땅은 내가 꿈꾸던 나라가 아닙니다
제일 잘 아는 내가
물목을 막아내야 하는데
가장 위급한 상황에 가만히 있으라고 눌러앉혀

백의종군으로
어머니 가시는 마지막 길도
함께하지 못했습니다

배 한 척 새롭게 만들 대책도 세우지 못하여
살려달라는 손들을
이 바다에서
얼마나 많이 서늘하게 놓쳤는지 모릅니다
정말로 저번에는 천행으로 막아냈습니다만
이번에는 제 목숨을 내놓아야 할 것 같습니다

두렵지 않지만 두렵습니다, 어머니

대설 특보

눈이 쏟아진다
밤새도록 한 방향으로 휘몰아치며
예비하지 못한 것들 위에
쏟아붓는다
모두가
대책 없이 뒤집어쓴다

그때 그 하얀 거짓말.

지금은
다 들통이 나고 말아
질척거리던 꼴도 끝났지만

우리는 어젯밤 내린 특보를
쓸고 쓸고 또 쓸어내면서
내일과 길을 이어보려고 애를 썼으나

내일도
눈은 내렸고

곳곳에 청춘이 갇혀

대책 없이 뒤집어쓰던 1980년대 중심.

하얀 거짓말

그 속에

우리 함께 있었네

푸른 기억

밭에서 금방 뽑은 무.
우적우적 씹는다

날것의 싱싱한 날들.

가을볕에 단맛이 드는
무말랭이나 시래깃국을 위해
남겨둘 날들은 없었다

삽날이 뿌리에 닿아도
대열을 지어
쑥 쑥 쑥 뻗어나가던 무청 행진.

그날들의 함성이 씹힌다

매운 맛을 뱉어내며
시퍼렇게 대들었던

생채기는 흉터로 남지 않았다

잠을 자지 않아도
푸른 피가 금방 돌았다

그때는.

임상 보고서 · 1

중간보고 드립니다

가설에 끌려다녔습니다

몇 번의 큰 수정도 있었습니다만

8부 능선에 있습니다

임상 보고서 · 2

오징어를 씹는다
나이도 이렇게 곱씹어 넘겼다
이제 단맛이 목구멍으로 넘어가려는데

곁에서 지켜보는 사람들이
내게서 냄새가 난다고 할 것 같다

지독한 고집 냄새.

임상 보고서 · 3

시간이 꺼낸

처방전

만병통치약.

임상 보고서 · 4

아직도
한 우물을 파지 못해
목마른 사람들에게
물 한 모금이 되지 못한다

임상 보고서 · 5

나의 겨울도

눈꽃으로 보였으면 좋겠다

남들에게 들키지 말고.

임상 보고서 · 6

다음 생에는 내 딸로 태어나라며

엄마를
허겁지겁 산에 심어놓고
돌아서자마자

뚝!

말뚝에서 끊겨
대책 없이 나뒹구는
슬-픔-들.

세상이 까맣다

임상 보고서 · 7

밤인데도
왔던 길이라 익숙하다

다시 태어나면
사는 길도 익숙할까

제
3
부

정상에서

여기까지
어떻게 올라왔는데
별것 없다고 화내지 말자

계단 계단마다 설렘으로 올라오면서
새벽도 만나고
아침도 만나고
오후도 만나고
밤도 만났다

오늘은
만나는 사람들마다
나한테서 아침을 보았으면 좋겠다

점

이게 아니다 싶으면
나는
똑 부러지는 점이 있었다

허리가 부러져 누운 김에
그 점도 뺐다

다들 보기 좋다고 하는데

내가 나를 버리니
그 점도 나를 버렸다는 생각이 든다

봄 비늘

사람이 되어도 모자라는 판에
나무가 되고 싶다

봄비 끝에
새록새록
돋아나는 녹색 비늘.

내게도 있었다

강을 거슬러 튀어 오를수록
상처에서 돋아나던
녹색 비늘 가득한 봄날이.

사람이 되어도 모자라는 판에
봄날엔
어처구니없이 나무가 되고 싶다

슬픔

겨울에도
너는 벚꽃으로 왔다

너에게로 가는 길이 끊긴 이 봄.

벚꽃이 폭설이다

비행기에서

기어올랐다

고개 바짝 쳐들고
덤벼든다고
터지면서 기어올랐다

선배도 기어오르고
선생님께도 기어오르고
기어올랐다

막아서는
앞산은
내게 없다고
죽어라 기어올랐다

비행기에서
짙은 강물이 바다에 섞이는 것을 본다

바다가 강물을 말없이 받아주고 있었다

자연 염색

누구나
하얀 100% 실크다

고운 색을 내려고 애쓰는 만큼
얼룩투성이.

이 세상에 옴팡 빠질 때
얼룩은 문양이 된다

맨발

신지도 못하고 끼고 살던 신발 한 짝
이제야 버린다

장맛비에 신발 한 짝을 잃어버렸었다
그때부터 지금까지
그 한 짝을 찾아보겠다고
아찔한 사이에 놓쳐버린
너를 찾아보겠다고
저물도록
세상을 돌아다녔었다
절름발인 채로.

그때 그 자리에
이 신발 한 짝마저 벗어놓았어야 했다

老교수의 강

꾹꾹 눌러 써내려간
잉크 방울방울이 모여서
강이 되었다

머리맡 잉크병도 얼어 터지던 그 겨울
시작되었다는 물줄기
일급수로 만들던 교수 연구실
깊은 강에서 언제나 잉크 냄새가 났다

계절도 없이
맨몸으로 자맥질하여
자고 있는 시인들을 물목마다 일으켜 세웠다

씻기고 씻겨
세상으로 내보낸 얼굴
『한국현대시사』

시퍼런 강둑에 풍경을 만들었다

老변호사의 강연

갖가지 색깔로 말을 해도
틀린 말만 아니면
가는 길 막는 사람 없는
좋은 시절에
참숯 같은 老변호사의 강연은
스크린에 정지된
흑백 사건으로 시작한다
굵직굵직하게 만들어진 그때 그 사건마다
그의 변호는
양철 지붕에서 떨어지는 시원한 빗소리다
오늘을 뚫고
치열했던 1970년대까지
수직으로 내린다
군더더기가 조금도 없다
감옥에서
감옥 밖에서
그때 그 시절이
단면으로 잘라놓은 사건의 퇴적층마다
그의 변호가
빛나는 차돌로 박혀 있다

老교수의 강연

뱃사공 老교수를 따라
괴테의 강에 함께 흘러 들어간다

이 강 뿌리에 닿고 싶었지만
고작
베르테르 나루에 닿고는
파우스트에
갔다 온 것처럼 강의 깊이를 말했다

왜
이 강 끝까지 가보려고 하느냐
누가
묻거나 질책하지 않는데

이 강에서
젖은 일생을 기꺼이 보낸 老교수와 함께
배를 저을 때마다 일어나는 파문.

가슴 떨린다

침향

흔들리기도 하지만
기분 좋게 살아갑니다

날마다
한 모금씩 삼킨 햇살이
보이지만 보지 못했던 것을
훤하게 보여줍니다

깊고 푸르렀던 상처가
나의 향기로

매일매일
기분 좋게 살아가게 합니다

허기

책꽂이에 냉장고에 옷장에 신발장에
꼭꼭 채운다

다 읽지도 먹지도 입지도 신지도 않고
버리고 또 채운다

우리 사이
헐렁해질까 봐
자꾸 모이자고 한다

지금

문양을 넣어도 보았다
그림도 그려 넣어보았다

문양도 색깔도 필요 없는
백자의 절정.

불광천을 걸으며

나도
너처럼
북한산에서 내려와
하천 하나 만들고 싶다

화려하지는 않아도
지친 사람들을
매일매일 품어주는
너처럼
나도 사람들이 찾아주는
마르지 않는 하천이 되고 싶다

내게
징검다리 놓고
서로 오가며 나누는 이야기마다
흐드러지게 피고 피는
벚꽃 얼굴로
홍제천도 만나

한강에 닿는 너처럼

나도
만나는 사람들과
함께
강물로 흘러가고 싶다

함께 가는 길

1.

어머니의 간절한 기도가 없었다면
가족들의 간절한 기도가 없었다면
이 자리에 우리 설 수 있었을까

이제 함께 가는 길 두려움 없어

한때 너에게 가는 길 놓치기도 했지만
너는 나의 따뜻한 목도리
편안한 신발 되어
예감보다 먼저 와 있는 사람아

2.

기쁘고 기쁜 날들이 있었지만
오늘만큼 기쁜 날들이 또 있을까

우리에게 선물로 태어나
커가는 너를 보며

우리 꿈을 풀기도 묶기도 했지

서로 다르게 살아왔지만
오늘부터는 하나 되어
아침 햇살 가득한 강이 되거라

내일에게 가는 길

철없던 어제의 우리들
끌어안고 등을 도닥이며
내일이 우리를 기다린다고 말씀하셨지요

오늘을 헤매는 우리들
일으켜 세워 함께 걸으며
내일이 우리를 기다린다고 말씀하셨지요

우리를 기다려준다는
내일에게 가는 길.
비바람도 불었지만 꽃도 피고 새도 울어요

금빛 내일은
우리가 만드는 거라고
오늘을 금쪽같이 쓰라던 선생님 말씀
늘 함께하지요

태산에서

늘 내가 원하던 자리로 단숨에 오르듯

케이블카로

나는 말로만 듣던 태산에 오른다

붕 떴던 기쁨보다 다시 앞만 보고 살아가듯이

계단을 밟고 또 밟았다

돌이켜보면

앞서가는 사람들 따라가느라

허겁지겁 정점을 찍었다

올라오면서

이백과 두보가 걸었던 곳에 걸터앉아

구름 따라가고 싶기도 했는데

정상에 서보아야 한다고 채근하는

나랑 같이 가느라 바빴다

태산보다 높고 높은 산도 서보았지만

다시 오지 않을

이 산.

정상으로 오르는 여러 길이 어찌 한눈에 보일까

귀거래사

돌아가자
내 자리로 돌아가자

박수도 받을 만큼 받았고
연장 공연도 끝났다
마지막 무대를 떠나며
배역으로 입었던 옷을 미련 없이 벗어놓고
분장을 지우고
거울 앞에 선 나를 만난다

돌아왔는데
그 옷을 벗으면 홀가분할 줄 알았는데
눈앞에 펼쳐지지도 않은 일까지 보이는 통에
그렇게 쏟아지던 잠도 오지 않는다
산에 올라
이 물이 어디서 오고 어디로 갈지 보이다가도
시퍼런 바다 속에서 며칠을 떠올랐다 가라앉으며
낯선 항구에 닿아

대낮에도 캄캄했다

다시 시작한다
이슬보다 먼저 일어나서
도랑을 파고 가지를 치고 땅을 북돋운다
저 깊은 곳에서 힘차게 빨아올려
뿌리가 써내려가는 각본.
이파리가 나올 사이도 없이
매일매일이 복숭아꽃이다
대문을 활짝 열어놓고
마당에 들어서는 사람들과 악수를 나눈다

제
4
부

민들레 아리랑

꿈에서나
시베리아 횡단 열차를 타고
여기까지
달려올 수 있었던 고려인.
아리랑 고개
그 긴 장정을 민들레 꽃씨로 달려와
어지럽게 흩날린다

어느 밤 화물 열차에 실려
황무지 벌판에
한 움큼 씨앗으로 뿌려졌다
얼음이 박힌 채로 토굴에서 겨울을 보내고
가까스로 의지하여 꽃도 피웠지만
바람 따라 흩날릴 때마다
여기 와서 살고 싶었다
살고 싶었다
주저앉아 하얗게 우는 민들레.

수요 아리랑

듣고 있지
수요일마다 우리가
천 번도 넘게 목 놓아 부르는 노래

우리는 할머니가 아니다
아직도
문 뒤에 도사리고 있는 너 때문에
따뜻했던 집에 돌아가지 못하고
한데서
굳어버린 청동 소녀.

여기저기 막 피어나던 꽃송이들
한 뭉치로 잡혀
단칼에 떨어져버리던 그날들을 지켜보며
살아서 돌아가야 한다 돌아가야 한다
돌아왔지만
기구한 이야기로 점점이 떠돌며 시들어간

우리는 언제나 섬이었다

돌무더기 내 땅에
못다 핀 꽃들이 만발하여 아름답다 할 때까지
세상에 머리 들지 말고
미안하다 미안하다 미안하다 하여라

꿈에서나 들어설 수 있었던 고향 어귀
우리 집 지붕에 박꽃으로
나 다시 태어날 때까지
납작 엎드려
미안하다 미안하다 미안하다 하여라

너.

바이칼 편지

모퉁이 돌아설 때마다 보내주신 편지
이렇게 와서
답장 드리고 싶었습니다

지도에서 처음 받은
시베리아 푸른 눈 바이칼.
쇼윈도 마네킹 눈빛으로 낯설었습니다

시베리아 횡단 열차는 달리고 달려서 닿았지만
끊어진 철도로
본의 아니게
앞뒤가 맞지 않은 글을 전했습니다

휴전선이
생각의 길을 끊어놓을 수는 없지만
시린 발로 한참을 있었습니다

열 일 제치고 여기에 왔습니다

서걱거리던 생각들이

발끝에서부터

한 가닥으로 모여 머리까지 차오릅니다

여기가

아랫목입니다

스크랩

정조에게서

다산을 오려낸다

뒷면에

연암이 있다

나는

어느 면에도 풀칠을 하지 못한다

당신들의 조국

당신들이 만들어놓은 조국에서
당신들이 바라던 미래를
우리만 누린다

죽어서야

그렇게 오고 싶었던
조국으로 걸어오는 날.

우리 모두
태극기 높이 들고 마중 나간다

점점 조여드는 숨통에도
물러서지 않았던
당신들의
뜨거운 심장.

조국은 기억한다

군함도에서 그림자 찾기

우리는 죽지 않았어요

시멘트 바닥. 나무와 나무 사이. 건물과 건물 사이
시커먼 바람벽. 막장 속.
바다 밑바닥에 우리를 숨겨놓았어요

너무 오래 기다리다가
납작한 그림자 되어버렸어요

칠흑 같은 막장 속에서
석탄보다 못했던 우리들 목숨이었지만
콩깻묵 주먹밥을 먹을 때면
밥상에 둘러앉았던 가족들이 보름달처럼 떠올라
길을 환하게 열어주었지요
그 길을 따라
얼른 고향에 다녀와 눈물을 닦곤 했어요

비밀을 알려줄게요
빨리 와서 그림자마다 태극기를 꽂아주세요

우리는 나비로 날아올라

고향으로 갈 거예요

죽어도 죽을 수가 없었어요

고향에 가보지도 못하고

어떻게

부모님 계신 곳을 찾을 수가 있겠어요

시간 여행

응답하라 단군조선!

어디에 꼭꼭 숨었는지
우리 모두 애타게 찾았네

애초부터 없었다고
잡아떼는 이들이 앞을 막아섰지만
점점이 이어주는
비파형 동검을 따라

우리 요하까지 왔네
머물렀던
제단도
빗살무늬토기도 옥기도 암각화도
분명한데

우리가 너무 늦었네

우리 사랑

바람은 자작나무 숲에서 불어왔지만
우리는 흐드러지게 봄꽃을 피웠다

햇빛은 찬란하게 온 세상을 비추었지만
우리는 돌아서
강물처럼 눈물도 흘렸다

우리도 유행처럼 흘러가다 떠날까

가던 길 가지런히 발 모으고 멈춰 서면
새파란 하늘로 숨차게 달려와서
배경이 되어주는 그날의 친구들 있어

어깨에 어깨를 걸 때마다
햇살이 넘치는
해바라기 가득 핀 들판의 그림 한 장.

아리랑 아라리요

여기까지 왔어요, 우리는
고개 고개 고개를 넘어
수많은 언덕과 강과 바다를 건너
여기까지 왔어요

같이 오지 못하고
뿔뿔이 흩어진 눈물 같은 씨앗들.
그 자리에서 꽃을 피우고 숲을 이루어
그대들이 부르는 노래 여기까지 들려요

흩어져 살아도 언제나
우리가 함께한다는 소리
아리 아리 아라리요 아리랑 아라리요
따로 또 같이 불러도 온몸이 저려오는 소리
우리가 고개를 넘을 때마다 별빛이 되어
어두움을 밝혀주던 노래
여기까지 들려요

그대들이 새벽 별로 뜨면 우리는 들풀이 될게요

우리가 새벽 별로 뜨면

그대들은 들풀이 되어

아리 아리 아라리요 아리랑 아라리요

하늘로 울려 퍼지는 노래

기쁨으로 아침을 열어요

관계 · 10

파 씨를 뿌린다

돋아나는 모양과 냄새가 파다

들깨도 떡잎부터 들깨 냄새가 난다

내 안에 나도 있을 텐데

나만 나를 모른다

관계 · 11

텃밭에 심은 상추 모종은
봄비만 맞고도 반찬이 된다

그때
내 반찬이나 되라고
내 집에 너를 심은 것은 아니다

네 집을 지어도 몇 채를 지었을 시간에
나무 하나 되지 못하고
내 집 문턱만
들락날락.

밖에
너를
세워두기로 한다

관계 · 12

보름달이니
반달이니
그믐달이니
맘대로 말해도

그들은
내가
달인 줄은 안다는 거다

관계 · 13

뿌리지 않고 거둘 수 없다

뿌린다고
싹으로 다 나오지 않는다

농부가 되어서야 알았다

관계 · 14

지워버릴까
하다가 다시 열어본다
스팸메일 같은 너를.

너는 봄이라고 말하는데
분명
너는 봄이 아니다

이러다가
우리 모두가
배달되는 봄을 열어보지도 않고
지워버리게 될까
두렵다

관계 · 15

제자가
첫 농사를 지었다는 편지 한 장과
감 · 팥 · 땅콩 · 고구마를 가득 담아 보냈다

그중에
감은 아직 떫으니
잊은 듯이 두었다가 먹어야 한다는 말도
잊지 않았다

부끄럽다

때를 기다려주지 못하고
가지가 부러지도록 흔들어대다
성급하게
너를 떫다고 뱉어냈던 일.

잊은 듯이 기다리마
단맛으로 올 때까지.

관계 · 16

그는 엊그제 이 세상을 떠났는데

그가 살던 집 담벼락에
그가 쓰던 오래된 가구들이
'대형폐기물' 스티커를 붙이고
오는 비를 다 맞는다

그의 고집이 끝까지 남아서
내리는 비를 맨몸으로 맞고 있다

작품 해설

자아 성찰과 대상 끌어안기

송 기 한 | 문학평론가

이상백의 『밥풀』은 아름다운 시집이다. 여기서 그의 시집이 아름답다는 것은 대상에 대한 미적 판단을 준거하는 말은 아니다. 그의 아름다움은 따뜻함의 정서에서 비롯된다. 시인이나 예술가에 있어 이 정서로 무장되지 않은 시인은 없을 것이다. 예술이란 자아와 세계의 화해할 수 없는 간극에서 비롯되고 그것을 메우는 것이 시인의 근본 의무이기 때문이다. 따라서 포용의 정서라든가 따듯함의 정서 없이 상호 괴리된 간극을 온전히 메우기는 불가능한 일이다. 그런 온유한 정서는 이 시집의 표제시인 「밥풀」에서도 확인된다.

아니
물도 아니고 밥도 아닌
그 뿌연 날들에
풀기 없이 오르락내리락

뒤섞여 뭉개져버린 때도 있었지만

나는
한솥밥 사무실 귀퉁이
밥그릇 뚜껑에
오롯이 붙어 있었다

이제야
밥그릇에 밥풀이 고봉으로 가득한데
밥이 뭐냐고 물어 보던 사람들
가고 없다

― 「밥풀」 부분

　지나온 과거의 정서를 이토록 정성스럽게 추억하는 것은 따듯함의 사유없이는 불가능한다. 어쩌면 그러한 정서가 그의 서정 정신을 이끌어가는 근본 축이라 할 수 있을 것이다. 이상백의 서정 정신들은 일상적으로 흔히 수용되는 예술의 기본 원리와 분리하기 어렵게 결합되어 있다. 그렇기에 그의 서정성은 치열하고 또 치밀하게 짜여져 있다. 작은 영역에서부터 보다 큰 영역에 이르기까지 그의 시정신은 하나의 계선으로 올곧게 유지되고 있는데, 여기서 하나의 계선이란 단순성을 의미하는 것이 아니다. 그의 시들은 하나의 정신에서 다른 정신으로 계속 확장되어나가면서 방사형의 구조로 짜여 있다. 그런 면에서 그의 시들은 다양한 세계를 포섭하지만 이를 꿰뚫는 정신은 하나의 지점에서 시작된다고 할 수 있을 것이다.

　일찍이 동양 윤리의 핵심은 수신제가치국평천하(修身齊家治國

平天下)였다. 이런 도리는 자신으로부터 시작해서 보다 큰 영역으로 확대되는 수양의 정신, 인격의 정신을 인간 삶의 근본 원리로 본 데 따른 것이다. 이런 미덕이 갖추어질 때, 자신뿐 아니라 가정, 사회, 역사가 바로 선다고 보았기 때문이다.

이상백 시인의 작품 세계를 따라가다 보면 이런 흐름과 밀접하게 결합되어 있다는 것을 알 수 있다. 그러나 그의 시 전부를 이런 잣대로 곧바로 재단하는 것은 무리가 있긴 하지만, 그 기본 정신을 관류하는 것은 이 흐름 위에 기초해 있다. 앞에서 그의 시를 두고 하나의 계선이라 한 것은 그의 시정신이 나아가는 구조가 이런 맥락과 밀접하게 연결되어 있다는 점 때문이었다. 서정적 자아를 기준으로 확장되어나가는 방사형으로 구조로 그의 시들은 짜여 있는 것이다. 따라서 시인의 작품은 일차적으로 서정적 자아의 문제에서 비롯되고 또 의미화된다.

오징어를 썹는다
나이도 이렇게 곱썹어 넘겼다
이제 단맛이 목구멍으로 넘어가려는데

곁에서 지켜보는 사람들이
내게서 냄새가 난다고 할 것 같다

지독한 고집 냄새.
—「임상 보고서 · 2」전문

시인이 성찰하는 자아의 문제는 존재론적인 것에서 시작하지 않는다. 본원적 고향이라든가 어떤 근원에 대한 집요한 질문이라는 존재 탐색으로부터 그의 시들은 멀리 벗어나 있기 때문이다. 그가 관심을 두고 있는 영역은 윤리적 혹은 실존적 성격과 보다 밀접하게 결부되어 있는 것들이다. 시인은 자신의 한계를 고집이라는 폐쇄적 자의식으로 한계지어놓고, 이 정서가 공통의 지대를 이끌어낼 수 있는 독립변수가 될 수 없다는 사실을 인식하고 있다. 그렇기에 자아는 밖으로 탈출구를 찾지 못하고 자신을 옭매는 감옥에 갇혀 있을 수밖에 없다. 그런 고립주의가 의미 있는 생산의 장을 만들 수 없는 것은 당연한 일이 아니겠는가.

고집과 같은 부정적 정서들은 소위 앎의 문제와 분리하기 어렵게 연결된 정서이다. 나에 대한 올바른 응시야말로 자신 속에 내재된 부정적 정서 등을 파악해내는 좋은 수단이 될 뿐만 아니라 소극적 차원에서도 이를 우회하는 좋은 수단이 될 것이다. 그러나 그런 정서를 갖는 것은 쉬운 일이 아니다. 그것은 어쩌면 종교의 영역을 뛰어넘는 초월적인 어떤 것과 밀접한 관련을 맺고 있는 것일지도 모르기 때문이다. 따라서 나에 대한 정확한 인식만으로도 그에 준하는 가치, 형이상학적 물음에 응답하는 좋은 해답이 되는 것은 아닐까 한다.

파 씨를 뿌린다
돋아나는 모양과 냄새가 파다
들깨도 떡잎부터 들깨 냄새가 난다

내 안에 나도 있을 텐데
나만 나를 모른다

―「관계 · 10」전문

세상에 피투된 존재가 자신에 대해 완벽히 아는 것은 불가
능한 일이다. 아니 조금이라도 그 영역에 접근하는 것이 지극
히 어려운 일임은 익히 알려진 일이다. 따라서 시인이 이 작품
에서 존재에 대하여 회의하고 반추하는 끊임없는 질문들은 그
정당성이 확보된다. 시인은 이 작품에서 자신에 대한 인식을
소위 인과론적 관계를 통해 획득해나간다. 원인과 결과에
의해 규정되는 것이 자연과학적 질서, 곧 기계론적 사유인데
자신은 그러한 영역으로부터 한 발자국 물러서 있는 것이다.
그것은 신의 영역이기도 하거니와 다른 한편으로는 수양의 부
족이라는 개인적 윤리로부터 미달되어 있는 까닭이다.

수양이나 윤리는 어떤 철학적 사유의 틀에만 갇힐 수 있는
문제는 아니다. 어쩌면 가장 사소한 일상의 현실에서도 그러
한 윤리를 발견할 수도 있을 것이다. 그런 측면에서 다음의 시
에 표명된 성찰이랄까 자성에 대한 적극적 질문들은 그러한
의미가 있는 것이라 하겠다.

신지도 못하고 끼고 살던 신발 한 짝
이제야 버린다

장맛비에 신발 한 짝을 잃어버렸었다
그때부터 지금까지

그 한 짝을 찾아보겠다고
아찔한 사이에 놓쳐버린
너를 찾아보겠다고
저물도록
세상을 돌아다녔었다
절름발이인 채로.

그때 그 자리에
이 신발 한 짝마저 벗어놓았어야 했다

—「맨발」 전문

　이는 시인 자신이 스스로에 대해서 규정했던 부정적 평가,
곧 또 다른 고집일지도 모른다. "신지도 못하고 끼고 살던 신
발 한 짝", 그것은 또 다른 집착, 다시 말해 욕망의 구경적 표
현과도 같은 것이었다. 이를 두고 물적 욕망이라고 해도 좋고,
성숙하지 못한 윤리의 극한적 표현이라고 해도 좋을 것이다.
어떻든 자신의 삶을 절름발이로 만든 것은 비우지 못한 자신
의 욕망, 곧 고집이 만든 불구화된 삶의 모습일 것이다.
　실상 이런 성찰이나 자책의 정서에 이른 것만으로도 시인은
인간의 가장 중요한 실존적 조건 가운데 하나인 윤리적 실천에
도달한 것이라고도 할 수 있다. 이른바 동양철학에서 가장 중요
하게 여기는 자신의 수양이라는 목적에 어느 정도 도달한 것이
기 때문이다.
　이런 개인적 수양 혹은 실천과 더불어 또 하나 눈여겨볼 것
이 이 시집의 다양한 주제 가운데 하나인 효 사상이다. 이는
이른바 수신(修身) 다음에 오는 제가(齊家)의 영역이라 할 수 있

는데, 시인이 표명하는 효는 그리움의 정서 속에서 극명하게 드러난다. 물론 이 정서 또한 자성이나 성찰이라는 측면, 곧 수양이라는 윤리성에 놓이는 것이긴 하지만, 반추하는 대상이 확대되고 있다는 점에서 차별되는 경우이다. 서정적 자아에서 비롯된 수양의 정신이 가족이라는 테두리로 그 음역이 확대되는 양상인 것이다.

어머니 가시고
남모르는 우물 하나 생겼다

두레박 내려
어머니와 함께했던 그때를
한 모금씩 건져 올려
햇빛에 널고 싶은데

주
루
룩
흘러내리는 후회들.

어머니
괜찮다 괜찮다 하시는데

내 우물 마르지 않는다

—「우물」전문

이 작품은 시인의 추억 속에 놓인 어머니의 모습을 매우 애

117

틋하게 그려놓은 시이다. 그는 우물 속에서 어머니와의 아련한 추억을 떠올린다. 그러나 그것은 아름답기도 한 것이지만 다른 한편으로는 회한의 정서가 깃들어 있는 복합성을 갖고 있는 것이기도 하다. 그 구체적인 상징이 우물이다. 그것은 추억의 장이면서 성찰하는 자신이 만들어낸 눈물샘이기도 하다. 효의 근본적 가치가 훼손되고 있는 지금 여기의 현실에 비추어보면, 이런 감수성만으로도 그 현대적 가치와 교훈이 무엇인지에 대해 일깨워주고 있는 것이라 하겠다.

시인은 이 작품집에서 개인사의 영역에 묶어둘 수 있는 부모에 대한 기억이나 추억을 집요하게 구상화시키고 있다.「제삿날」에서 보이는 망자에 대한 그리움이 그러하고,「청국장」이나「아버지 신발」속에 구현된 부모님의 모습들이 그러하다. 그는 이를 통해서 시인의 정서를 짓누르고 있는 모성적 그리움과 가족이라는 테두리 속에서 그 나름의 충실한 존재자가 되고자 했던 아버지의 애틋한 모습을 복원시키고 있다.

이상백이 추구한 효의 현대적 의미들은 개인의 영역에서 그치는 것이 아니라 사회의 영역으로 확대되는 것들이다. 그것은 가정과 사회를 유지하는 근본 질서 내지는 축이 된다는 측면에서 그러하다. 따라서 시인이 비록 개인의 정서 차원에서 발언한 것이라고 해도 그것은 이미 사회적 영역으로 포회되는 것들이라 할 수 있다. 이처럼 그의 시들은 개인의 성찰에서 사회적 성찰로 나아가는 원근법적 모양새를 취하는 형태로 되어 있다. 이런 시세계는 발전의 논리라는 측면에서 말하는 것이 아니다. 그만큼 그의 시에 담겨 있는 주제들이 사회적 무게감을 획득해

나가는, 결코 녹록치 않는 것들이라는 것을 말해주는 것이기도 하다. 따라서 나로부터 시작에서 뻗어나가는 주제의 영역이 사회의 예민한 문제에까지 이르는 일은 자연스러운 것이라 할 수 있다.

시집 『밥풀』에서 간취되는 시의 주제들은 다양한 분야에서 얻어진 것들이다. 일견 욕심스럽고 산만해 보일 정도로 많은 소재들과 주제들이 시집의 틀과 판을 구성하고 있지만 그 각각의 내면을 들여다보면 그것들이 하나의 일관된 흐름으로 연결되어 있음을 알 수 있다. 이제 그의 시선들은 자신과 가족의 문제에서 벗어나 서서히 사회라는 보다 넓은 영역으로 확대되어나아간다. 자아 성찰과 효라는 개인적 실천이 사회의 어두운 구석을 밝히는 사회적 실천으로 그 범위가 넓어지고 있는 것이다. 가정을 초월해서 그의 시선이 가장 먼저 닿아 있는 사회적 영역은 이른바 소외된 계층이다.

마지막 어금니가 뽑힌다

전봇대가 뽑힌다
골목마다
연결된 핏줄들이 한 뭉치로 불쑥 올랐다가
절망으로 나뒹군다

프리미엄 높은 아파트를 지어주겠다고
마취시키고
재개발은 터전을 밀어버렸다

틀니도 못 하는 판에
무이자로 임플란트 할 수 있다는
하루 밥거리보다 멋진 카탈로그 속의 세상.

맛있다며 입안에 밀어 넣는데
이 없는 잇몸 사이로
밀려다닌다

18번지 말뚝이 뽑힌 할머니
변두리로 변두리로 자꾸 밀려간다

—「재개발」전문

　재개발의 문제가 사회적 이슈로 대두된 것은 어제오늘의 일
이 아니다. 그것이 사회적으로 가장 유효한 물음으로 던져진
것은 물론 1980년대이다. 억압 통치와 더불어 시작된 자유와
평등의 사상은 가장 먼저 부의 분산이라는 경제적 문제에 관
심을 갖게끔 했다. 그런데 그러한 부의 평등화 문제가 요원한
길임은 재개발이나 재건축과 같은 불평등한 현실에서 인식되
었다. 80년대의 한국 사회에서 아파트로 표방되는 주거 문화
의 개선 사업은 삶의 질을 개선시킨 부분도 있긴 하지만, 그
이면에서는 부의 불평등과 사회적 억압이라는 부작용도 남겨
두었다. 이 시기 한 채의 주택 소유는 새로운 중산층으로 레벨
업하는 지름길이 되었던 것인데, 그 도정에서 소외된 것은 이
곳의 터줏대감들, 곧 원주민들이었다. 또 다른 부를 얻어내기
위해서는 이에 대응되는 자금 또한 만만치 않게 요구되었지만
그들에게는 이에 필요한 자금을 감당하기가 버거웠다. 그리하

여 그들이 할 수 있는 일은 헐값에 주택 소유권을 팔아넘기거나 그도 어려우면 강제로 추방되어야 했다.

이런 역사적 사실에 비추어보면 지금 여기에서 직조되고 있는 이상백의 「재개발」은 시대의 편차를 갖고 있는 것이 사실이다. 그러나 시인의 정서나 세계관에 기대어 보면, 이런 시적 성찰이 결코 우연이라든가 시적 소재에 대한 막연한 호기심의 결과가 아님을 알 수 있게 된다. 앞서 언급대로 그의 시정신의 뿌리는 이른바 수신(修身)에 있었다. 그는 이 정서를 개인적 윤리의 차원에서만 가두어놓지 않고, 이를 대사회적 나눔의 실천으로 승화시키고자 했다. 그 정신이 소외된 자들에 대한 따듯한 시선으로 나타난 것이다.

> 아직도
> 한 우물을 파지 못해
> 목마른 사람들에게
> 물 한 모금이 되지 못한다
>
> ―「임상 보고서 · 4」 전문

물론 그 이면에 놓인 정서는 자신에 대한 처절한 반성이다. "아직도 한 우물을 파지 못해/목마른 사람들에게/물 한 모금이 되지 못한다"라는 이 자책이야말로 그러한 정서의 정점에 있는 것이라 할 수 있다. 자신의 수양이 대사회적 영역으로까지 확산되지 못했다는 정서야말로 새로운 윤리적 실천을 위한 계기가 될 것이다. 이런 의식이 "변두리로 변두리로 자꾸 밀려"갈 수밖에 없는 할머니의 처지와 자연스럽게 동화될 수 있었던 것은 아닐까.

이 시집에서 사회의 불온성에 대한 발언은 여러 방면에 걸쳐 나타나고 있다. 「수요 아리랑」에서는 정신대 할머니들에 대한 연대의 정서를, 「민들레 아리랑」에서는 불편부당하게 유이민의 처지가 된 고려인들의 애환을 담고 있다. 특히 「난중일기 · 2014」를 비롯해서 제4부 연작시들은 치국(治國)과 같은 보다 큰 범주에서 의미화되고 있는데, 이런 사유만으로도 그의 시들이 추구하는 방향의 정점이 어디로 향해져 있는가를 알 수 있는 대목이라 하겠다.

이상백의 시들은 다양한 주제들을 담아내고 있다. 실상 한 사람의 시인에게서 이렇듯 여러 무거운 주제들을 한꺼번에 다루고 있는 시집을 만나기는 쉬운 일이 아니다. 한 권의 시집에 담아낼 수 있는 주제들이 많다는 것은 그만큼 발언할 것들이 많다는 것도 되고, 또 이를 획득하고자 하는 시인의 욕망과도 분리하기 어려운 것이라 할 수 있다. 뿐만 아니라 그런 다양성이 경우에 따라서는 시집의 주제들을 분산시키고 시집의 주제를 뚜렷히 부각시키지 못하는 약점으로 작용할 수도 있을 것이다.

그러나 이런 부정성에도 불구하고 이상백의 『밥풀』은 매우 예외적인 국면을 보이고 있다. 그는 많은 주제를 다루고 있음에도 불구하고 그것이 산만히 흩어져 있는 것이 아니라 하나의 점으로 뚜렷이 수렴되고 있다. 그것은 전적으로 시인의 역량과 관련되는 문제인데, 그의 시의 뿌리는 전적으로 윤리적 실천에서 오는 정서들이다. 그 중심이 다양한 시의 주제를 하

나의 음역으로 수렴되게 하는 장치가 되고, 또 그의 시세계를
이끌어가는 역동적인 장치가 되고 있는 것이다.

더 이상 집을 짓지 않기로 한다

내 집에
그 누구도 들여놓지 못하면서
쭈그리고 앉아 벽돌만 만들고 있었다

벽돌 한 장 올릴 때마다
사람들 떠나갔고
나 단단해지자고
떠나가는 사람들 가슴에
못과 망치까지 들었다

늘 서툴러 갈라 터진 손바닥
골이 패어버린 길
내 집을 자랑삼을 부모도 떠나가 돌아오지 않는 길
이 길 끝에 서서
한 발짝도 세상으로 걸어 나가지 못했지만

어제의 집을 나서며
한 움큼 쥐었던 씨앗을 뿌린다
이 길 따라 봄이 빨리 오라고.

　　　　　　　　　　　　—「어제의 집을 나서며」 전문

이 작품은 어쩌면 시인이 이번 시집에서 추구하는 궁극의

주제를 담아내고 있는지도 모른다. 이 정신만이 다양하게 산재되어 있는 시인의 관심을 하나로 엮어내는 근본 틀이 되기 때문이다.

시인은 이 작품에서 더 이상 '집'을 짓지 않기로 했다고 한다. 이유는 간단하다. "내 집에/그 누구도 들여놓지 못하면서/쭈그리고 앉아 벽돌만 만들고 있었"기 때문이고 "벽돌 한 장 올릴 때마다/사람들 떠나갔고/나 단단해지자고/떠나가는 사람들 가슴에/못과 망치까지 들었"기 때문이다.

이러한 집은 시인의 표현대로 모두 '어제의 집'이 만들어 낸 불안정한 모습이다. 그 집은 견고한 성채이고, 타인을 배척하고, 나만의 공간에 안주하는 폐쇄적인 집에 불과했다. 그러한 집이 나아가야 할 방향이 무엇이고, 또 그 결과가 무엇인지는 이 시집의 주제들이 잘 반증해오지 않았는가. 효의 현대적 의미가 무엇이고 재개발의 폐해는 또 무엇이었던가 하는 것이 바로 그것이다. 뿐만 아니라 정신대 할머니들의 가없는 외침이나 세월호의 참사가 보여준 아비규환의 혼란, 식민지 유이민의 슬픈 역사가 만들어낸 고려인의 모습 등등이 궁극에는 나 자신으로부터 비롯되지 않았나 하는 처절한 반성 등등인데, 그것이야말로 바로 어제의 집이 만든 부정성들이 아니겠는가.

이제 시인은 어제의 집을 버리고 새집을 만들려 한다. 그러나 그러한 새집은 나만을 가두고 이웃과 사회, 국가를 차단시키는 못으로 만들어지는 견고한 집이 아니다. 그것은 "사람들이 찾아주는/마르지 않는 하천"(「불광천을 걸으며」)과 같은 집이다. 또한 모든 사람들이 자신에게서 '아침을 보는 듯한 기분이 들게 하는'(「정상에서」) 집과도 같은 것이다. 그와 같은 집을 위해서 시인은 지금 "한 움큼 쥐었던 씨앗을 뿌린다". "이 길 따라 봄이 빨리 오라고" 말이다.

시인은 이번 시집에서 낡은 집을 버리고 새로운 집을 예비하고자 했다. 전자의 경우가 서로 넘을 수 없는 집, 그리하여 모두가 질곡에 빠지는 장벽의 집이라면, 후자는 모두가 공존하는, 서로 어울려 아름다운 삶의 장을 마련하는 집이다. 그러한 생산적인 집을 위하여 시인은 새로운 씨앗이 되고자 했다. 그리고 그 씨앗이 만들어내는 생산의 장, 곧 활기찬 봄의 계절을 기다린다. 그 봄이 시인이 추구하는 새로운 집임은 물론이거니와 여기서 모든 사람들이 아름다운 공존을 이루는 것, 그것이 이번 시집이 추구하는 근본 함의일 것이다. 또 시인은 그러한 길을 위해 계속 정진할 것이다.

푸른시인선 002

밥풀

초판 인쇄 · 2015년 11월 27일
초판 발행 · 2015년 12월 5일

지은이 · 이상백
펴낸이 · 한봉숙
펴낸곳 · 푸른사상사

주간 · 맹문재 | 편집 · 지순이 | 교정 · 김수란
등록 · 1999년 7월 8일 제2-2876호
주소 · 서울시 중구 충무로 29(초동) 아시아미디어타워 502호
대표전화 · 02) 2268-8706(7) | 팩시밀리 · 02) 2268-8708
이메일 · prun21c@hanmail.net / prunsasang@naver.com
홈페이지 · http://www.prun21c.com

ⓒ 이상백, 2015

ISBN 979-11-308-0584-9 03810

값 8,800원

푸른
시인선
002

밥풀

이상백 시집